욕 좀 먹고
살아도

괜찮습니다

욕 좀 먹고 살아도 괜찮습니다

강현식(누다심) 지음

다산북스

프롤로그

우리가 하는 걱정과 고민은 모두 인간관계에서 나온다고 해도 과언이 아니다. 어떤 종류의 문제든 거기엔 반드시 다른 사람의 그늘이 드리워져 있다. 인생이 힘든 건 겉보기엔 다양한 이유가 있는 듯하지만, 따지고 보면 인간관계가 잘 풀리지 않는 탓이다.

나 역시 관계가 어려워 삶이 힘들었다. 중학생 때부터 무려 10년 이상을 땅만 쳐다보고 다녔다. 사람들이 나를 싫어할 거라는 생각 때문이었다. 그러다 대학에서 심리학을 전공하고 여러 사람이 둘러앉아 마음을 나누는 집단상담을 하면서 함께하는 재미와 즐거움을 알게 되었다. 이후, 나는 개인상담을 주로 하는 동료들과 달리 집단상담에 주력했다. 집단상담에서 많

까짓거 욕 좀 먹고 삽시다

은 사람들을 만나면서 인간관계가 힘든 이유는 남들에게 욕먹지 않고, 좋게 보이고 싶은 마음 때문이라는 사실을 알게 되었다. 어렸을 때부터 착한 사람, 말 잘 듣는 사람, 인정받고 칭찬받는 사람이 되어야 한다는 메시지를 계속 받은 것도 큰 영향을 주었을 것이다.

하지만 자기 목소리를 누르고 주변 사람들에게 맞춰주며 사는 삶에는 한계가 있다. 개인마다 다른 생각과 감정이 있고 이를 드러내고 싶은 욕구가 반드시 존재하기 때문이다. 설령 다 맞춰준다고 해도 욕먹지 않는다는 보장은 어디에도 없다. 결국, 사람은 어떻게 살아도 누군가에게는 욕을 먹는다.

나는 사람들에게 늘 말한다. 법적으로 문제가 될

정도가 아니라면 자유롭게 살자고. 누가 괴롭히면 당당히 맞서기도 하고, 슬프면 울기도 하며, 속상하면 화도 내자고. 까짓거 한 번 사는 세상, 다른 사람의 눈치를 보면서 욕먹지 않으려고 자신을 숨기고 죽이고 산다면 이 얼마나 허망한 일이겠는가.

지금 나는 욕을 먹으면서도 잘 살고 있다. '잘난 척한다', '재수 없다', '늘 자기가 옳다고 한다'는 욕을 수시로 듣는다. 그런데 꾸준하게 욕을 먹다 보니 확실하게 말할 수 있는 한 가지 결론이 나왔다. 누군가가 나를 싫어해도 별일 일어나지 않는다는 것이다. 대부분의 사람들은 내가 생각하는 것만큼 나에게 큰 관심이 없었다. 그들이 나에게 욕을 하는 것은 나에게 큰 관심이 있어서가 아니라 그저 그들 자신의 관점을 표현하고 싶었기 때문이다. 그러니 나 또한 그들의 말을 무시해도 크게 문제 될 것은 없었다.

남들의 시선에 전전긍긍하지 않고 내 마음을 솔직하게 표현하고 당당하게 나의 목소리를 낼 때, 비로소 자유롭고 행복한 삶이 찾아온다. 욕 좀 먹고 살아도 괜찮다. 아니, 적극적으로 욕 좀 먹으면서 살아보자.

차례

1부

착한 사람은 사실 착하지 않다

2부

자유란 타인에게 미움받는 것

3부

모두 특별하지 않으니 편하게

4부
오해받지 않는 사람은 없다

1부

착한 사람은 사실 착하지 않다

욕 좀 먹고 살아도 괜찮다

사람들은 욕먹기를 싫어한다. 어린 시절 부모에게 욕을 들으면, 반드시 그에 해당하는 벌이 따라왔기 때문이다. 욕먹을 짓을 하면 자신이 잘못하고 있다는 것이고, 욕을 먹지 않거나 칭찬을 받으면 자신이 잘하고 있다는 것으로 받아들였다. 어린 시절의 기억은 한 사람의 일생에 강력한 영향을 미친다. 그래서 사람들은 욕을 먹지 않으려고 애쓰면서 산다.

그런데 생각해 보자. 과연 욕을 먹지 않고 살 수 있을까? 못해도 욕을 먹지만, 잘해도 욕을 먹는다. 인류에게 큰 가르침을 주었다는 4대 성인인 부처, 예수, 공자, 소크라테스는 욕을 먹지 않았을까? 아니다. 그때도 욕을 먹었고, 지금도 욕을 먹는다. 심지어 예수와 소크라테스는 욕만 먹은 것이 아니라 죽임도 당했다. 4대 성인도 욕을 먹는데, 우리가 뭐라고 욕을 먹지 않겠다며 발버둥칠까?

어떻게 보면 욕을 먹는다는 것은 잘 살고 있다는 뜻이다. 사람들은 자신과 의견이 다른 사람들에게 욕을 하는데, 욕을 먹는다는 건 자신의 목소리를 내면서 주체적으로 살고 있다는 의미이기 때문이다. 나답게 살기 위해서는, 욕 좀 먹고 살아도 괜찮다.

피상적인 관계를
맺는 이유

욕을 먹지 않으려고 사람들이 택하는 전략은 대인관계를 맺지 않는 것이다. 맺더라도 아주 피상적이거나 일시적인 관계만을 맺는다. 이러한 '수박 겉 핥기'식 관계에서는 서로에게 기대할 것도, 서운할 것도 없기에 욕할 일이 없다. 혹여나 기분이 상하면 안 보면 그만이다.

그런데 욕을 먹지 않기 위해서 관계를 포기하는 것은 너무 손해 보는 장사가 아닌가. 비난을 피하기 위해 인간에게 가장 끔찍한 고통인 외로움을 끌어안는 것이기 때문이다.

관계를 포기하고 싶지 않지만 욕먹는 게 너무 싫을 때 이렇게 생각해 보자. 욕을 먹는다는 건 주변 사람들과 제대로 관계를 맺고 있다는 것이라고. 서로 관심이 있고, 기대가 있어서 발생할 수 있는 일이라고 말이다. 다만, 충분한 소통이 되지 않아 오해가 생겨서 일어난 일시적인 해프닝일 뿐이다. 깊은 관계를 위해서라면 가끔은 욕먹는 것도 나쁘지 않다.

솔직함은
목적이 아닌 과정

솔직함이 찬양받는 세상이다. 솔직함은 서로의 유대감을 단단하게 다져주기도 하고, 함께 지내며 알게 모르게 쌓아왔던 앙금이 풀어지도록 만들기도 한다. 그러나 '솔직함'만이 계속되다 보면, 나중엔 가까운 사이에서 할말과 해서는 안 될 말을 구분하지 못하게 되는 경우가 많다.

관계에 있어서, 솔직함 그 자체는 목적이 아니다. 솔직성은 관계의 시작일 뿐이고, 진정한 목적은 건강한 관계를 맺는 것이기 때문이다. 따라서, 서로에게 진실하려고 노력하는 것도 중요하지만 상대방에게 불필요한 이야기를 하지 않는 것도 마찬가지로 중요한 일이다.

발버둥 쳐도
안 되는 게 있다

'하면 된다'라는 말을 달고 사는 사람들이 있다. 직업적으로나 관계에 있어서, 자신이 원하는 이상을 향해 열심히 애쓰고 노력하면 이를 성취할 수 있다고 생각한다.

그러나, 실제 세상에서는 아무리 해도 안 되는 것이 있다. 선천적 조건이나 환경 등 다양한 변수들이 결과에 영향을 주기 때문이다. 결국, 무조건 하면 된다고 생각하는 사람들은 자책과 절망에 빠지고 만다.

할 만큼 다 해 봤다면, 더는 자책하지 말고 자신의 한계를 인정하자. 해도 안 되는 것도 있다. 사실, 세상에는 꼭 해야만 하는 것도 없다. 이렇게 생각할 때, 우리는 좀 더 편안한 마음으로 살아갈 수 있다.

인정욕구는 폭력이다

사람들은 타인에게 "멋져", "잘한다", "대단해"라는 말을 듣고 싶어한다. 이런 일반적인 인정욕구는 삶의 커다란 원동력이 된다. 그러나, 관계에 있어서 지나친 인정욕구는 독이다.

인정욕구가 커지면 상대를, 소통하고 마음을 나누는 관계의 대상이 아닌, 내 인정욕구를 채워줘야 하는 대상으로 보게 되기 때문이다. 상대에게 그러한 역할만 부여한다면 결국에는 그 사람과 소통할 이유가 사라진다. 또한, 인정욕구가 클수록 상대의 마음에 들기 위해서 자신의 감정과 욕구를 억압하게 된다.

결국, 인정받지 못했을 경우 엄청난 분노와 공격성을 드러내고야 만다. 이런 면에서 인정욕구는 종종 폭력으로 이어진다고 할 수 있다.

때로는 악역도 필요하다

살다 보면 악역을 해야 할 때가 있다. 자식을 위해 부모는 쓴소리를 할 수 있어야 하고, 자신의 한계를 뛰어넘지 못하는 사람을 위해 누군가는 그 사람에게 싫은 소리를 해야 한다.

이때, 선하고 좋은 행동만 해야 한다고 생각하던 사람들은 악역 맡기를 주저한다. 그냥 자신이 좋게 대하면, 상대도 좋아하고 상황도 좋아질 거라고 단순하게 생각하는 것이다.

그러나, 이런 단순한 생각이 오히려 더 큰 악을 만들어내는 경우가 많다. 자식이 원한다고 무조건 들어주다 보면 자식은 이기적인 사람으로 클 수 있고, 한계를 뛰어넘지 못하는 사람을 마냥 기다려주면 평생 그 한계 속에 갇혀서 자신의 능력을 발휘하지 못하게 될 수 있기 때문이다.

항상 선한 역할을 하는 게 중요한 것이 아니다. 내가 나쁘다고 생각하는 것도 상대를 위해서라면 할 수 있어야 하고, 내가 좋다고 생각하는 것도 상대를 위해서라면 하지 않을 수 있어야 한다.

익숙한 것보다
좋은 것 선택하기

우리는 무의식적으로 익숙한 것을 선택한다. 자신에게 이롭다거나 그것을 원해서가 아니다. 설령 그 선택이 해롭거나 자신이 원하는 것이 아닐지라도, 기존의 상태를 유지하는 습관적인 선택에서 편안함을 느끼기 때문이다.

감정에 대해서도 마찬가지다. 유쾌하든 불쾌하든 관계없이 자신에게 익숙한 감정을 선호한다. 예를 들어, 힘들 때 혼자 있는 게 익숙한 사람은 외롭고 싫더라도 또다시 혼자 있음을 택한다.

그러나 익숙한 것과 좋은 것은 다르다. 이를 구분하지 못하면 후회되는 선택을 반복할 수밖에 없다. 우리에게는 편하고 익숙한 것이 아니라, 불편해도 좋은 것을 선택할 용기가 필요하다.

못 하는 게 아니라
하기 싫은 것

최선을 다했지만 결과가 좋지 않다면, 자신의 한계를 인정해야 한다. 그런데 어떤 사람들은 도전하지도 않고 '하고 싶은데 안 된다. 못 한다'면서 핑계를 댄다. 이렇게 생각하면 영원히 바뀌지 않는다. 변화를 이끌어내는 말이 아니라 스스로를 평가하고 단정 짓는 말이기 때문이다. 몸과 마음이 뜻대로 움직이지 않아 시도조차 할 수 없다면 '내가 하기 싫구나', '무서워하는 거구나'라고 받아들이는 게 좋다. '못 하겠다'는 말은 능력의 문제고, '하기 싫다'는 말은 선택의 문제다.

조건을
넘어서는 관계

흔히 서로에게 끌리는 특성이 있고, 조건이 맞아서 '좋아한다'고 말한다. 그러나 이는 좋아하는 게 아니라 거래하는 것이다.

서로의 필요에 의해 부족한 부분을 채우며 만나는 관계는, 자신에게 필요한 물건과 그 사람이 필요한 물건을 서로 교환하는 물물교환과 같기 때문이다. 거래적인 관계는 상대방에게서 좋아했던 점이 없어지거나, 나의 필요가 사라지면 끝난다.

사랑에는 조건 이상이 있다. 바로 '관계'다. 관계란 나와 너의 만남, 즉 나의 감정과 너의 감정의 만나고, 이 경험들이 쌓여가면서 만들어지는 것이다.

서로를 진실하게 마주하여 관계가 생겼다면, 조건이 맞지 않거나 조건이 틀어지더라도 상대를 존중하고 관계를 지속해나갈 수 있다.

'관심'과
'오지랖'의 차이

많은 사람들이 '관심'과 '오지랖'을 착각한다. 먼저 연락하고 잘 챙겨주는 사람이 있을 때, 대부분은 그가 남들에게 관심이 많다고 생각한다. 그러나 실제로 그는 남들에게 관심이 거의 없을 수도 있다. 정확한 건 그 사람의 행동을 관찰하면 나온다.

진짜 관심이 아닌 오지랖이라면, 자신이 원하는 방식으로 상대에게 무언가를 계속 해 준다. 상대를 위해서 해 주는 게 아니라, 단지 자신의 생각과 기준대로 행동하는 것이다. 상대는 닭고기가 먹고 싶다고 몇 번을 말하는데도 소고기가 몸에 좋다면서 소고기만 주구장창 사다 주는 식이다. 이들은 상대가 불편해하거나 싫어하는 건 신경 쓰지 않고, 자기 마음 편하자고 일방적으로 계속 무언가를 해 준다. 하지만 진짜 관심이라면 상대가 원하는 것을, 상대가 원하는 방식으로 해 주게 마련이다.

착한 사람은
사실 착하지 않다

소위 '착한' 사람들은 자신의 마음을 솔직하게 말하기보다는, 상대의 기대에 자신을 최대한 끼워 맞춘다. 이유를 물으면, '상대의 기분이 상할까 봐' 혹은 '상대가 상처받을까 봐'라고 답한다.

이를 잘 살펴보면, 그 행동은 오로지 남을 배려하는 이타적인 마음에서 나온 것이 아니다. 상대로부터 싫은 소리를 듣고 싶지 않아 선택한 이기적인 마음에서 나온 경우가 많다.

자신이 아니라 남을 위해서라는 핑계를 댔지만 실은 감정적으로 손해 보지 않기 위해 좋은 사람인 척을 한 것이다. 이렇듯 이타적으로 보이는 행동의 이면에는 굉장히 이기적인 면이 도사리고 있을 수 있다.

나만 그런 건 아니라는 사실

남에게 약한 모습을 드러내면 안 된다고 생각하는 사람들이 있다. 이들은 다른 사람들이 자신에게 해주는 좋은 말도 믿을 수가 없다. 본인을 온전하게 드러내지 않았기에 남들이 자신의 진짜 모습은 모른다고 생각하는 탓이다.

그러나 솔직하게 자신의 약한 모습을 드러내 보면 알게 된다. 나만 약한 게 아니라 모두가 약하다는 사실을.

사람들은 자신의 약한 부분을 드러내는 상대에게 보다 쉽게 자신의 약한 모습을 보여주기 때문이다. 다들 부족하고 약한 구석이 있다는 것을 알게 될 때 삶은 한결 편하고 더 가벼워진다.

잘하기보다
함께하기

다른 사람들과 맺는 관계와는 상관없이 혼자 잘하고 싶어하는 사람들이 있다. 돈을 많이 벌려고 하는 것, 착하고 좋은 사람이 되려고 하는 것, 일을 잘하려고 하는 것 등 우리가 너무 당연하게 생각하는 것들에서다. 겉으로는 '가족이나 연인을 위해서' 한다고 말하지만, 사실은 '자신의 성취를 위해서' 행동하는 경우가 많다.

관계에 있어, 혼자 잘하려고 하는 것은 오히려 나쁜 결과를 초래할 수 있다. 혼자만의 기준으로 잘하려고 하는 순간, 정작 나와 함께하는 사람들이 뭘 느끼고 있는지, 나를 어떻게 생각하는지, 뭘 원하고 있는지는 뒷전이 되고 자신의 성취만이 우선시되기 때문이다.

혼자 무언가를 잘하려고 하기보다는, 비록 잘하진 못하더라도 옆에 있는 사람들의 마음에 관심을 가지며 함께하려고 하는 것이 관계에서는 훨씬 더 중요하다.

남의 떡이
더 커 보일 때

외모도 뛰어나고 직업도 좋은 사람을 보면, 그가 나를 무시할 것 같다는 생각이 들 때가 있다. 남의 떡은 커 보이고 자신의 떡은 작아 보이는 마음이다.

그런 생각이 들 때 유용한 대처법이 있다. 먼저, 그 사람은 나에 대해서 별생각을 안 할 거라고 여기는 것이다. 사실이 그렇다. 잘 살펴보면, 다른 사람들은 나한테 크게 관심이 없다. 나만 나에게 관심이 있을 뿐이다.

그다음은 나와 함께하는 사람들을 생각하는 것이다. 내가 자신 없어 하면 나를 사랑해 주는 가족과 친구, 주변 사람들까지 초라해진다. '보잘것없는' 나를 사랑해 주고 있기 때문이다.

마지막으로, 대부분의 사람들이 겉으로는 다들 멀쩡해 보여도 실은 멀쩡하지 않다는 사실을 기억하는 것이다. 언제나 행복하고 모든 점에서 완벽한 사람은 존재하지 않는다. 이 세 가지를 떠올리면 좀 더 당당하게 삶을 살아갈 수 있다.

사람은
물건이 아니다

언론이나 대중매체는 물론, 친구들끼리도 외모나 능력, 재산 등에 대한 평가를 하면서 서로에게 등급을 매긴다. 심지어 부모들도 집에서 자식을 평가하듯 말한다. 인간을 하나의 물건처럼 대하는 것이다.

인간의 상품화에 따라 고통을 호소하는 사람들이 늘어나고 있다. 그런데, 더 심각한 문제는 따로 있다. 고통받는 이들이 스스로를 물건 취급할 뿐만 아니라, 더 나아가 다른 사람들도 그렇게 보게 된다는 것이다.

확산되는 인간의 상품화를 멈추기 위해서 우리는 '감정'에 주목해야 한다. 물건은 감정이 없지만, 인간에게는 감정이 있다. 등급을 나눠서 우열을 가리고 필요에 따라서 취하고 버릴 수 있는 물건이 아니라, 함께 희로애락을 나눌 존재로 사람을 바라보는 연습을 해야 한다. 이렇게 될 때 우리는 인간의 상품화에서 벗어날 수 있다.

진짜 상처와
가짜 상처

"그 사람 때문에 상처받았어요."

사람들은 너무나 쉽게 상처받았다고 말한다. 상처라고 말하는 순간 우리는 관계에서 위축되고 할말도 못 하게 된다. 누구에게도 상처 주지 않고 싶고, 또 누군가로부터 상처받고 싶지 않기 때문이다.

그런데 상처란 무엇일까? 관계에서 상처받았다는 사람들의 이야기를 들어보면 한 가지 공통된 경험이 있음을 알 수 있다. 바로, 상대에게 자신의 목소리를 충분히 내지 못했다는 것이다. 가장 대표적인 경우가 어린 시절에 부모의 일방적인 분노를 받고 나서 부모와 마주 앉지 못하고 혼자 그 공포를 삭혀야 했던 경험이다.

우리는 이제 어린아이가 아니다. 상대와 동등하게 앉아 자신의 목소리를 낼 수 있다. 상대의 말에 나 역시 할말을 다 했다면, 그 경험은 상처로 남지 않는다. 누군가와의 관계에서 감정이 상했다면 상처라고 하지 말고, '기분이 나쁜 것'이라고 표현하자. 내가 상처라고 생각하는 것이 정말 상처인지 다시 생각해 볼 필요가 있다.

위로라는
착각

남에게 굉장히 마음을 쓰고 위로를 하며 어떻게든 무언가를 계속 주려고 하는 사람들이 있다. 언뜻 보면 마음이 따뜻한 사람이라 여겨질 수 있지만, 여기에는 또 다른 마음이 숨어 있을 수 있다.

바로, 자신의 힘듦을 잊어버리려고 하는 마음이다. 힘든 마음을 외면한다고 힘든 감정이 사라지는 건 아니기에, 이럴 때 주변 사람 중에 힘들어하는 사람들을 보게 되면 이들은 과도한 공감과 개입을 하게 된다. 자신의 힘든 감정과 돌봄 받고 싶은 욕구를 타인에게 던져놓고, 자신이 받고 싶은 것을 그 사람에게 해 주는 식이다. 심리학에서는 이를 '투사projection'라고 부른다.

힘들면 자신의 힘든 얘기를 하면서 슬플 땐 슬퍼하고 우울할 땐 우울해하면 되지만, 이를 알지 못하는 그들은 본의 아니게 타인을 이용한다. 어떤 사람이 나를 지나치게 위로해 주고 공감해 줄 때, 그를 무조건 따뜻하고 친절한 사람이라고 생각하는 건 커다란 착각일 수 있다.

불편함을
애써 없애지 않는다

사람들은 갈등이 생기면, 불편한 마음을 없애기 위해 옳고 그름을 따지거나 잘잘못을 가리려고 한다. 그러나 때로는 그냥 불편함을 견디는 연습이 필요하다. 불편한 마음을 견디지 못하는 사람들이 자식을 학대하거나 배우자와 갈라서거나, 관계에서 등을 돌리기 때문이다.

상대를 나쁜 사람이라고 결론 짓고, 그에 합당한 조치를 취하는 것은 자신의 불편한 감정을 타당화하면서 기분을 회복시키는 가장 손쉬운 전략이다.

많은 사람들이, 갈등하는 이유는 갈등으로 인한 불편함을 끝내기 위해서라고 생각하지만, 관계적인 측면에서 보면 이는 맞지 않다. 갈등의 목적은 서로의 다

름을 이해하고 조율하는 것이다. 따라서 우리는 갈등 상황을 마냥 끝내려고 할 것이 아니라, 불편한 상황이 계속되더라도 서로를 마주하면서 소통하기 위해 노력해야 한다.

애정이 아닌 색깔의 차이

우리는 상대와 나의 거리감에 대해, 타인과 비교하면서 질투를 느끼거나 힘들어한다. 상대가 나와 가장 가까웠으면 하는 바람일 수도 있고, 특정 인물보다는 나와 친밀했으면 하는 마음일 수도 있다.

사실, 이는 누가 멀고 가깝냐 혹은 누구에게 더 마음이 크냐 작냐의 문제가 아닐 수 있다. 각자에게 느껴지는 감정이 다르기에, 반응하는 모습이 다른 것뿐이지 같은 마음일 수 있기 때문이다. 애정의 차이가 아니라 색깔의 차이일 수도 있다는 말이다.

어린 시절 엄마가 좋으냐 아빠가 좋으냐는 질문을 받아본 적이 있을 것이다. 이때 얼마나 답하기 곤란했던가. 답을 솔직하게 말하기 어려워서가 아니라,

답 자체가 없기 때문이다. 엄마와 아빠로부터 받는 감정이 다른데, 어떻게 비교할 수 있을까.

마찬가지다. 우리는 관계를 맺을 때 사람들을 하나의 기준으로 평가하지 않는다. 그 사람과 내가 만들어가는 관계 경험은 마치 다양한 색깔과 같다. 상황과 경우에 따라 좋아하는 색이 다를 수 있다. 또 여러 색깔이 동시에 필요하기도 하다. 상대와 나와의 관계를 타인과 비교하는 것은 파란색과 빨간색을 비교해서 무엇이 더 월등한지 평가하는 것과 같다.

누구의 편도 아니라는 모호함

둘만이 아니라 여러 사람이 엮인 상황에서 갈등이 발생할 때가 있다. 이때 어떤 사람들은 왜 꼭 누군가의 편을 들어야 하냐며 중립적인 위치를 고수한다. 그러나 살다 보면 자신이 누구의 편인지 드러내야 할 때가 있는 법이다.

예를 들면, 시어머니 때문에 힘들다며 남편에게 하소연하는 아내가 있다고 하자. 또 친구와 싸웠다면서 엄마에게 투덜대는 아이가 있다고 하자. 이럴 때는 정서적으로 가까운 관계의 편을 드는 것이 좋다. 편을 든다는 것은 옳고 그름을 따지는 것이 아니라, '난 당신과 더 가깝다'는 의미를 줄 때도 있기 때문이다.

편드는 걸 싫어하는 까닭은, 어쩌면 스스로가 곤란한 상황에 빠지고 싶지 않거나 공정한 사람인 것처럼 보이고 싶어서일지도 모른다.

2부

자유란 타인에게 미움받는 것

나쁜 감정은 없다

사람들은 종종 자신의 감정을 부인한다. 예를 들면, '이런 일에는 힘들면 안 된다', '고작 이 정도에 슬퍼하면 안 돼'라고 생각하는 것이다. 혹은 다른 사람들에게 '그 감정은 틀렸다'고 말하기도 한다. 특히 부모들은 아이에게 "지금 뭘 잘했다고 울어!"라는 식으로 자녀의 감정을 평가하면서 통제하려고 한다. 그러나 감정에는 맞고 틀리거나, 잘하고 잘못된 것이 없다. 자신이 느끼는 게 정답이다. 어떤 감정이든 자신의 감정에는 확신을 가져도 좋다.

'화목'한 가족은 위험하다

부부나 가족끼리는 갈등이 없어야 하고, 정서적으로 가까워야 한다는 생각은 환상이다. 오히려 이 때문에 가족 간의 소통이 사라진다. 분위기를 망치면 안 되고, 특히 자신이 그 원인을 제공하는 사람이 되어서는 안 된다고 생각해, 불편한 점이 있더라도 꾹 참고 피하기 때문이다. '화목'한 가족이라는 환상을 버리고, 내가 어떻게 해야 한다는 역할로서의 부담감을 내려놓자. 갈등을 겪고, 정서적으로 거리가 있더라도, 서로 소통할 수 있는 정도면 충분하다.

때로는
싫은 소리도 해야 한다

가능하면 남에게 싫은 소리를 하지 않으려는 사람들이 있다. 심지어 타인이 자신에게 싫은 소리를 하더라도 인정하고 넘어간다. 상대를 배려하기 위함이고, 괜히 이야기를 맞받아치면 분위기가 안 좋아진다는 이유다.

그러나, 이면을 들여다보면 자신의 마음이 불편해지지 않기 위한 선택임을 알 수 있다. 상대가 내 말을 듣고 속상할까 봐 말하지 않는 게 아니라, 분위기가 싸해지거나 사람들이 자신을 이상하게 볼까 봐 가만히 있기를 선택한 것이다. 남을 위한 배려가 아니라, 관심이 온통 자신에게만 있는 거다.

이런 사람이 부모가 되면, 아이를 혼내지 않는다.

아이를 혼내려면 에너지를 많이 써야 하고 기분이 안 좋아지기 때문이다. 아이가 지금 당장 큰 위험에 빠진 게 아니면 해달라는 대로 해 주게 되고, 아이는 점점 안하무인으로 자라게 된다.

자식을 망나니처럼 키우지 않기 위해서는 자신의 마음이 불편하더라도 혼을 낼 줄 알아야 한다. 부모-자식 관계가 아니더라도 마찬가지다. 마음이 불편하더라도 할 얘기는 하고, 갈등 상황도 피하지 말고 부딪칠 필요가 있다. 꼭 필요한 얘기를 하지 않고 넘어가면 나중에 커다란 문제가 생기기 마련이다.

상처는
모난 성격 탓이 아니다

우리가 누군가와의 관계에서 상처를 받았다면 상대방의 모난 성격 때문이 아니라, 그가 내 감정을 봐주지 않은 탓이다. 예를 들면, 아빠가 너무 화를 내서 혹은 엄마가 너무 우울해서 아이가 상처를 받는 게 아니라, 그 화나 우울 때문에 부모가 아이의 감정을 외면하게 되는 탓에 상처가 크게 생긴다는 것이다. 갈등의 순간, 자신의 감정에만 몰두하게 되면 상대에게는 상처가 생긴다.

중요한 건 성격 자체를 바꾸는 게 아니라 힘이 들더라도 상대방의 감정을 보는 것이다. '내가 어떻게 해야 하지?'만 생각하지 말고 '저 사람은 어떤 마음일까?'를 생각해 보라. 자신의 마음을 이야기하고, 상대의 마음을 물어보면서 서로의 감정을 계속 보려고 하는 것이다. 살면서 가장 중요한 건, 내 앞에 있는 사람의 감정을 보는 일이다.

스스로
결정한다

누군가와 가까워지게 되면, 상대의 기분이 혹여라도 상할까 봐 불안해하고, 맺고 있는 관계가 깨질까 봐 걱정하는 사람들이 있다.

얼핏 보면 관계를 소중하게 여기는 것처럼 느껴지지만, 한편으로는 관계에서 '남 탓'만 하는 것과 같다. 자신의 목소리는 충분히 내지 않으면서, 상대에게 관계에 대한 모든 책임이 있는 것처럼 말하기 때문이다.

상대의 말에 반응만 하지 말고, 자신의 목소리를 내 보자. 때로는 상대에게 먼저 화를 낼 수도 있고 맺고 있는 관계가 싫다면 자신이 끝내고 떠날 수도 있다. 관계의 키는 상대에게만 있는 것이 아니라 나에게도 있다는 것을 기억해야 한다.

잘 지내려고 하는 것도 나쁠 수 있다

사람들과 잘 지내려고 노력하는 이들이 많다. 하지만 이런 노력은 의외로 좋지 않은 결과를 초래할 수 있다. 잘 지내는 것이 궁극적인 목적이 되면 불편한 상황에서도 내가 참든지 상대가 참든지, 아니면 서로가 함께 참든지 해야 하기 때문이다. 그렇게 매사에 '좋은 게 좋은 거지' 하는 식으로 넘어가다 보면 서로의 감정을 속이게 되고, 결국엔 그 감정이 쌓여 폭발하고 만다.

궁극적으로 잘 지내기 위해서는, 잘 지내려고 하지 말아야 한다. 갈등을 무서워하지 말아야 한다는 것이다. 당장은 관계가 힘들더라도 할 얘기는 할 수 있어야 결국에는 진짜 잘 지낼 수 있다.

혼자만의 아픔에서 벗어나기

세상에 아픔 없는 사람은 없지만, 누구도 아픔을 드러내고 싶지 않아 한다. 그로 인해 받을 수 있는 타인의 오해와 편견, 비난이 싫기 때문이다. 자신이 이상한 사람으로 보일까 봐, 혹은 자신만 겪었을 것 같다는 부끄러움에 마음속에 꼭꼭 숨겨둔다. 드러나지 않은 아픔은 덧나기 마련이라 이들은 자신이 세상에서 가장 힘든 사람인 양 살아가게 된다.

속에 묻혀 있는 아픔은 자꾸 바깥으로 꺼내야 한다. 그래야 자신의 아픔을 객관적으로 볼 수 있는 힘이 생긴다. 그리고, 사실 인간의 경험은 대부분 엇비슷하기에, 용기 내서 말해 보면 생각보다 많은 사람들이 자신과 같은 경험을 했음을 알게 된다.

자신의 아픔을 솔직하게 드러냈을 때, 이는 더 이상 나만의 아픔이 아니게 되고 삶을 한결 가뿐하게 살아갈 수 있다.

자유란
타인에게 미움받는 것

모든 심리적인 문제는 대인관계에서 비롯된다. 특히, 타인과의 갈등을 피하기 위해, 미움을 받지 않기 위해 자신의 욕구나 감정 등을 억압하는 데서 수많은 문제가 생겨난다.

자유롭고 행복하게 살기 위해서는 관계에서 미움받을 용기가 필요하다. 그래야 미움받을 수 있는 상황, 즉 갈등 상황을 두려워하지 않고 자신의 목소리를 당당하게 낼 수 있기 때문이다. 이때 우리는 진정한 자유를 맛볼 수 있다.

나를 온전히 받아들이는 것

우리는 다른 사람들과 비교하여 자신이 부족하다고 여겨질 때 열등감을 느낀다. 그런데, 살다 보면 열등하다고 느껴지는 것에 그렇게 신경 쓰이지 않을 때가 온다. 그 누구도 모든 면에서 완벽한 사람은 없고, 대상만 다를 뿐 다들 어느 정도의 열등감을 가지고 산다는 사실을 알게 되기 때문이다. 결국, 삶에서 중요한 건 열등감을 없애려는 불가능한 노력을 하는 것이 아니라, 자신을 온전히 받아들일 수 있는 능력을 기르는 것이다.

목적은
소통이다

감정을 잘 드러내지 않는 사람들이 있다. 이들은 어떤 말을 들었을 때 감정을 느끼기보다는, 일단 그 말이 맞는지 틀린지 혹은 옳은지 그른지를 먼저 생각하는 경향이 있다.

이런 생각으로 감정을 드러내지 않는 사람은 본의 아니게 타인을 무시하게 된다. 자신은 그런 의도가 아니었다고 하지만, 함께한 사람들은 무시를 받았다고 느끼게 되기 때문이다. 마음을 함께 나누는 게 아니라 말에 대한 평가와 판단만 내린 탓이다.

그렇다고 관계를 위해 감정을 마구 분출하라는 말은 아니다. 일방적으로 감정을 표현하지 않는 것과 마찬가지로, 자기 뜻대로 상대를 휘두르기 위해 감정을 폭발시키는 행위도 상대를 무시하는 것이기 때문이다. 우리의 목적은 감정 차단이나 분출이 아닌, '소통'이 되어야 한다.

애쓰지 않아도 된다

어떤 사람은 평소에 주변 사람들의 힘든 이야기를 들어주길 자처하고, 그들에게 도움이 되는 것을 좋아한다. 그런데, 이런 행동을 자신과 특별한 관계를 맺고 있는 사람들에게만 하지 않고, 여러 명에게 동일하게 하고 있다면 다시 돌아볼 필요가 있다. 사람들과 관계 맺는 방법의 일환으로 이런 '역할'을 하고 있는 건 아닌지 말이다.

관계는 거래처럼 단순히 서로의 이해관계로만 얽혀 있는 것이 아니기에, 어떤 역할을 하지 않아도 쉽게 깨지지 않는다.

만약 당신이 평소와 행동을 다르게 하거나 해 왔던 역할을 하지 않았을 때 떠나는 사람이 있다면 잡지

마라. 그는 당신의 특정한 역할에 관심이 있었던 것이지, 진짜 당신이라는 사람에게 관심이 있던 게 아니기 때문이다. 자신의 모습 그대로 사람들과 마주하고, 그런 모습을 좋아해 주는 이들과 함께하자.

가까울수록 대화는 어려워진다

정말 많은 연인과 부부들이 대화가 되지 않는다며 싸운다. 여기에서 대화는, 일상적인 이야기가 아닌 서로의 감정이나 마음에 대한 것이다. 저 말을 뒤집어 생각해 보면 연인과 부부 사이에 마음을 나누는 대화가 가능하단 걸 당연시하는 것이다.

그러나, 연인과 부부는 과거부터 감정적으로 많이 얽혀 있고, 삶의 경계가 모호하기 때문에 마음을 나누기 어렵다. 현재와 과거의 감정이 혼동되고, 나와 너가 분명하게 구분되지 않기 때문이다. 한번 마음을 나누려고 하면 과거와 현재는 물론 심지어 미래까지 시간을 가로지르기에 십상이다. 또한 나와 너, 우리의 영역을 세웠다가 허물고, 또다시 세우는 복잡한 과정을 거쳐야 한다.

이런 면에서 수많은 연인과 부부 중 서로의 마음을 대화로 나눌 수 있는 사람들은 극소수다. 이를 인정하고 받아들이고 나면, 대화가 안 되는 것을 상대의 탓으로 돌리지 않을 수 있다. 어차피 잘 안 되는 것이니 함께 다시 해 보자고 마음을 먹으면, 관계의 새로운 길이 열리게 된다.

기대는
폭력이다

엄밀히 말하면 기대는 폭력이다. 그것도 매우 무서운 폭력이다. 상대를 살아 숨 쉬는 하나의 존재로 보는 것이 아니라, 내 기준과 잣대에 따라 '잘했다', '못했다'로 가치 매겨지는 대상으로 여기게 되기 때문이다. 이는 물건과 하등 다를 것이 없다.

기대하는 마음이 틀렸다는 건 아니다. 어떻게 보면 자연스러운 마음이다. 다만 그 기대 때문에 자신도, 상대도 더 힘들어진다는 것이 문제다.

직장은 돈이 오가는 거래적인 관계로 맺어졌기 때문에 서로한테 기대할 수밖에 없지만, 적어도 가족이나 친구, 연인 관계에서만큼은 기대를 내려놓고 상대와 있는 그대로, 존재 자체로 마주하려는 노력이 필요하다.

오버하며
살기

그냥 인생을 이렇게 살자. 늘 오버하고 헛발질하고 욕먹고 쪽팔리게. '내가 너무 오버했나?' 하고 전전긍긍하는 삶이 아니라, '아, 오버 잘했구나'라고 생각하는 편안한 삶을 살자는 것이다.

많은 사람들이 스스로를 대단하다고 착각한다. 그래서 자신이 뭐라도 되는 줄 알고, 자신의 말과 행동에 큰 의미를 부여한다. 온 우주의 중심이 자기라고 생각한다.

그러나 인간은 우주의 관점에서 보았을 때, 방 한쪽에서 굴러다니는 먼지와 같다. 너무 작고 보잘것없어서 마음껏 굴러다녀도 누구 하나 신경 쓰지 않는다. 그러니 오버 좀 하면서 살자.

선과 악은
얼마든지 뒤바뀔 수 있다

자신은 옳고 선하며, 절대 악하지 않다고 생각하는 사람은 정말 위험한 사람이다. 왜냐하면, 선과 악의 기준은 절대적이지 않고, 법과 윤리, 도덕처럼 시대와 문화, 상황에 따라 달라지는 탓이다.

히틀러는 인류 역사상 대표적인 악인이나 당시에 그를 지지하던 다수의 독일인에게는 '선'이었다. 히틀러에 대항했던 수많은 지식인들은 당시에는 '악'으로 여겨지며 범죄자 취급을 받았지만, 지금은 영웅 대접을 받는다.

따라서, 선과 악의 기준은 관계 속에서 이해해야 한다. 나의 선한 행동이 상대에게는 악한 결과를, 나의 악한 행동이 상대에게는 선한 결과를 초래할 수 있기 때문이다. 선과 악은 상황에 따라 얼마든지 바뀔 수 있기에, 나 혼자만의 선과 악이 아니라 관계와 상황과 맥락 속에서 선과 악을 볼 수 있는 연습이 필요하다. 가장 중요한 것은 상대의 감정이다. 내가 아무리 좋은 의도를 가졌더라도, 그것이 상대를 고통스럽게 하고 더 나아가 상대의 인격을 짓밟는다면 결코 선이 될 수 없다.

자책하는
마음이 들 때

사람들은 자신에게 나쁜 일이 생겼을 때 가장 쉬운 방법을 선택한다. 자책하는 것이다. 마치 자신이 다르게 행동했더라면 그 일은 일어나지 않았을 거라고 생각한다.

자책은 당장에만 명쾌하게 느껴질 뿐 분명한 착각이다. 통제감을 잃고 싶지 않아서, 혹은 자신이 모든 상황을 통제할 수 있다는 오만한 생각에서 비롯된 것에 불과하다. 현재 상황을 하나도 해결해 주지 못하는 무익한 생각이기도 하다.

자신을 책망하는 행위가 무엇보다 해로운 점은, 자기 생각 속으로만 빠져들게 된다는 데 있다. 이때는 주변 사람들이 무슨 말을 하든, 어떤 마음을 전하든 들리지 않고 무시하게 된다. 따라서, 자책은 오만하고, 무익하며, 관계를 해치는 해로운 생각이라고 할 수 있다.

자책하는 마음을 내려놓고, 주변 사람들의 말을 들어보자. 주변 사람들이 나에게 전하는 마음을 느껴보자.

상처가 아니라 거울

어렸을 때부터 속마음을 드러내지 않으면서 살 것을 요구받았던 많은 이들에게 솔직성은 그 자체로 위협적이다. 자신의 감정과 생각을 솔직하게 드러냈을 때 상대방이 싫어했던 경험, 또는 상대방으로부터 솔직성을 가장한 비난을 들은 경험이 너무 많기 때문이다.

그러나 솔직성이 항상 공격적이거나 상처를 주는 것만은 아니다. '맥락'을 고려한 솔직성은 사람을 살린다. 부모가 자녀의 부족한 점을 말해 주지 않고 무조건 잘했다고 칭찬만 해 준다면 아이는 어떻게 될까? 당장은 모든 것을 자기 뜻대로 할 수 있어서 좋을지 모르지만, 나이가 들수록 사람들로부터 외면을 당할 것이다. 비단 부모와 자녀 사이만이 아니다. 부부와 연인, 친구 사이에서도 솔직성이 상대를 위해 필요한 경우가 있다.

맥락을 고려한 솔직성은 오히려 상대방이 자신을 비춰볼 수 있는 거울 역할을 한다. 솔직성 그 자체가 문제인 것은 아니다.

있는 그대로
존중받을 권리

책임과 역할은 중요하다. 자신이 맡은 바를 성실하게 이행하지 않으면 그 피해가 타인에게 전가되기 때문이다.

그러나 책임과 역할이 지나치게 강조되어 존재보다 더 중요해지면 문제가 된다. 책임과 역할에 얽매여 진짜 자신이 누구인지, 왜 살아야 하는지를 잊어버리는 탓이다. 자신을 있는 그대로 존중받아야 할 존재가 아니라, 어떤 목적을 가지고 기능해야 하는 물건으로 보게 되면 우울과 불안이 생겨난다.

따라서, 자신이건 타인이건 사람을 대상화하지 않으려고 노력해야 한다. 이를 위해서는, 책임과 역할을 반드시 해야 하는 '의무'가 아닌 내가 원할 때 할 수 있는 '권리'로 인식할 필요가 있다.

무관심을
이해와 배려로 포장할 때

가까운 사람이 갈등 상황에서 자신의 이익과 자존심을 내려놓고 이해와 배려를 해 주는 건, 진실한 관심과 애정의 표현이다.

그러나 친하지 않은 사람의 이해와 배려는, 그저 자신의 역할에 충실한 것뿐일 확률이 크다. 좋은 사람인 척을 하고 싶거나 아니면 직업적으로 친절이 요구되는 상황일 수 있다. 관심으로 보이지만, 사실 무관심의 표현인 것이다.

상대의 이해와 배려가 진정한 관심 때문인지, 아니면 무관심의 표현인지 구분하지 못하면 상처받기 쉽다. 누군가 이해와 배려를 해 준다면 그 사람의 진심이 무엇인지 생각해 보자.

방황하는 마음은 불행하다

아기는 한 번에 한 가지 감정과 욕구만 느낀다. 본래 인간이 그렇게 태어났다. 그러나 감정과 욕구를 원활하게 느끼지 못하고 이를 표현하지 않은 채 오랫동안 살아온 사람들은 동시에 여러 감정과 욕구를 느끼기도 한다. 상반된 감정과 욕구가 충돌하니 혼란스럽고 힘들게 느껴진다.

처음엔 어색하더라도, 계속 자신의 마음을 확인하고 표현하는 연습을 하다 보면 한 가지 감정과 욕구를 분명하게 느낄 수 있게 된다. 한 번에 한 가지 감정과 욕구를 분명하게 느끼게 되면, 매 순간 내가 원하는 것이 무언지를 알고 행동으로 옮길 수 있다. 이런 단순함은 삶의 질을 높여 행복감을 가져다주는 지름길이다.

지는 게 아니라
이기는 것

갈등할 때 상대의 반응에 대해서 화내거나 억울해하지만 말고, 직접 어떤 마음이냐고 물어보라. 누군가는 서로 다투는 상황에서 상대방의 마음을 물어보는 건 자신이 지는 것 같아 싫다고 답하기도 한다.

그러나 갈등하는 것은 이기고 지는 문제가 아니다. 서로의 감정과 생각을 나누는 것이다. 마음을 나누는 게 힘드니까 잘잘못을 따지는 것뿐이다. 상대가 화낼 때 그 감정에 관심을 기울이지 않고 잘잘못을 따지거나 방법만을 생각하면, 결국 상대는 자신의 감정을 존중받지 못해 상처를 입게 된다.

따라서, 갈등 상황에서는 상대의 마음을 보는 것이 중요하다. 마음을 물어보는 것은 지는 것이 아니라, 굳이 따지자면 오히려 이기는 편에 가깝다. 상대보다 그릇이 크고 용기가 있어야만 물어볼 수 있기 때문이다. 상대에게 등을 돌리는 쉬운 선택이 아니라, 손을 내미는 어려운 선택을 하는 사람은 존경과 인정을 받는다.

고정된 패턴을 깨는 법

여러 사람들과 관계를 맺다 보면 자신에게 특정한 대인관계 패턴이 있음을 알게 된다. 어떤 이는 관계에서 주도적이고, 어떤 이는 의존적이다. 어떤 이는 화를 자주 내고, 어떤 이는 쉽게 삐진다. 갈등을 만드는 사람이 있는가 하면, 갈등을 외면하거나 회피하는 사람도 있고, 갈등을 중재하려는 사람도 있다. 그런데 이런 대인관계 패턴은 문제가 될 수 있다.

대인관계 패턴 자체가 문제라는 건 아니다. 패턴이 너무 강해지면 이에 갇혀 옆에 있는 사람의 감정을 보지 못하게 된다는 게 문제다. 상대가 어떤 감정을 드러내든, 그 감정에 집중하기보다는 자신의 패턴에 끼워 맞춰 해석하기 때문이다.

이런 실수를 하지 않으려면 상대의 말과 행동에 대해 '역시 저럴 줄 알았어'라고 생각하지 말고, '무슨 마음일까?' 하며 궁금하게 여기고 물어보는 습관을 길러야 한다. 더 나아가 자신의 패턴을 바꾸거나 깨는 시도를 한다면, 누구를 만나든 고정된 패턴에서 벗어나 있는 모습 그대로 관계를 맺을 수 있게 된다.

눈을 보지 않으면 갈등은 커진다

감정이 올라올 때 많은 사람들은 눈을 마주치지 않는다. 자신의 감정과 생각에 너무 압도되어 버리기 때문이다. 그러나 우리는 말할 때도 상대방의 눈을 보며 말해야 하고, 들을 때도 상대방의 눈을 보며 표정에서 감정을 읽으려고 해야 한다.

자신의 문제에 대해서 상대가 자신과 전혀 다른 입장과 생각을 말할 때 눈을 쳐다보지 않으면, 자신을 비난한다고 받아들이기 쉽기 때문이다. 눈을 마주해야 상대가 날 비난하는지, 안타까운 마음에 애정 어린 조언을 하는지 알 수 있다.

어린아이들은 부모와 눈 마주치기를 좋아하고, 그럴 때 아주 행복해한다. 눈을 마주하면서 서로의 감정을 느끼는 것이 인간의 본모습인 것이다. 하지만 시선을 외면하고 대화를 나눌 때, 우리는 상대의 마음이 아닌 말만 듣게 되어 불필요한 오해를 만들어낸다.

3부

모두 특별하지 않으니 편하게

사람들의 비난에 맞서야 한다

타인과 일정 거리 이상 가까워지지 않으려고 하는 사람들이 있다. 더 가까워지면 상대에게 '실망했다'든가 '재수 없다' 등 안 좋은 소리를 들을까 봐 두려운 탓이다.

친하지 않을 때 좋지 않은 말을 들으면, '네가 나에 대해 뭘 알아?'라고 생각하며 상처받지 않지만, 친해지고 나서 그런 말을 들으면 반박할 수가 없게 된다. 그래서 자신이 무너질 것 같은 두려움 때문에 의도적으로 사람들과 거리를 두게 된다.

그러나, 타인의 평가가 두렵다고 계속 거리를 두게 되면 사람들과 영원히 가까워질 수 없다. 모든 관계는 가까워지면 서로의 경계를 침범하게 된다는 걸

받아들여야 한다. 대신 타인의 부정적인 피드백이나 평가, 비난을 들었을 때 적극적으로 맞서는 힘을 키워야 한다. 자신의 입장을 설명하고, 자신의 마음을 전달할 수 있어야 내가 원하는 관계를 주체적으로 만들어나갈 수 있다.

'내가 알아서 할게'
라는 말

주변에 걱정 끼치기 싫다며 삶에서 힘든 일이 생겨도 참기만 하는 사람들이 있다. 이들은 혼자 견디는 게 가까운 이들을 위한 일이라고 생각한다.

하지만, 이는 남을 위하는 마음이 아니라 무시하는 마음이다. 배려 같아 보이는 그 마음 안에는 사실 교만함이 도사리고 있다. '남의 도움 없이 내가 컨트롤 할 수 있어', '내 문제는 내 거야', '넌 나를 도와줄 수 없어'라며 상대를 무시하는 것이기 때문이다.

정말 가까운 사람을 위하는 건, 혼자 모든 걸 짊어지려는 게 아니라, 함께 이야기하고 나누려는 태도를 취하는 것이다. 물론, 힘든 일을 말한다고 문제가 해결되는 것은 아니다. 하지만 문제해결보다는 서로의 마음을 나누는 과정에서 큰 힘을 얻을 수 있다. 어차피 우리가 겪는 힘든 문제는 해결이 어려운 경우가 대부분이다. 그러니, 죽이 되든 밥이 되든 일단 함께 나누면서 서로에게 힘을 얻어보자.

판단은
서로를 외면하게 만든다

많은 사람들이 좋거나 싫은 '감정'보다 옳거나 그르다는 '판단'을 앞세운다. 인터넷 기사에 달리는 댓글처럼 서로를 향해 평가를 일삼는 것이다. 마치 자신이 판사가 된 것처럼 말이다.

그런다고 세상은 바뀌지 않는다. 상대가 잘못을 깨닫고 변하지도 않는다. 관계에도 전혀 도움이 되지 않는다. 왜냐하면 상대가 틀렸다고 생각하는 순간, 직접 마주 앉아 서로의 감정을 묻고 마음을 나눌 이유가 사라지기 때문이다.

판단을 내려놓고 감정을 느끼고 표현하라. 감정을 느끼고 표현하는 것은 관계 속으로 들어가서 상대에게 영향을 미치는 가장 좋은 방법이다.

나에게
좋은 사람이 되는 법

아기는 타인의 입장이나 시선을 고려하지 못하기 때문에 자신의 욕구를 드러내는 것에 대해 거리낌이 없다. 그러나 시간이 지나 어른이 되면, 타인을 신경 쓰게 되어 욕구를 드러내길 주저하게 된다. 자신의 욕구에 대해서 유치하다거나 수치스럽다고 느끼는 탓이다.

그러나 이를 혼자 참고 견디다 보면 문제가 생기고 만다. 욕구는 참는다고 사라지지 않기에, 타인의 시선을 피해 잘못된 방식으로 욕구를 채우려고 할 수 있기 때문이다. 가장 대표적인 것이 성매매나 성범죄다. 이는 애정과 인정, 성의 욕구를 채우는 잘못된 방법이다.

사회적으로 허용 가능한 범위 내라면, 욕구를 어느 정도 드러내는 것이 좋다. 어린아이처럼 감정도 드러내고, 타인에게 요구도 해 보자. 자신의 욕구가 유치하더라도, 이를 드러내는 삶을 살 때 사람은 건강하다.

'진심 찾기' 놀이 대신

우리는 진심에 절대적인 가치를 두는 경향이 있다. 그러나, 많은 인생이 '진심 찾기' 놀이를 하다 꼬이고 만다. 상대의 말과 행동에 진심이 없다고 의심하기 시작해, 홀로 상대의 마음을 예측하려 애쓰다가 결국 지쳐 혼자를 선택하게 되기 때문이다.

설령 진심이 아닐지라도 계속 의심하기보다는 일단 믿어보는 게 최선일 때가 있다. 만약 상대가 나중에 말을 바꾸면, 그때는 또 그 말을 믿어보면 된다. 물론, 그 관계 때문에 너무 힘들고 좌절된다면 그때 가서 관계를 단절할 수도 있다. 중요한 건 누군가를 일단 믿어보지 않으면 어떤 관계도 시작될 수 없다는 것이다.

꿈을 이루지 못해 불행하다는 착각

직업으로 꿈을 실현하려고 하거나 의미를 찾으려는 사람들은 수없이 좌절을 맛본다. 세상은 한 개인의 꿈을 실현하기 위해 만들어진 곳이 아니기 때문이다.

꿈은 각자가 세상에 살면서 만들어낸 것일 뿐이다. 꿈이 실현되면 고맙고 기쁘고 다행스러운 일이지, 당연한 일이 아니다. 어쩌면, 실현되지 않는 게 당연하고 자연스러운 일이라고 할 수 있다.

이런 면에서, 직업은 생계유지 수단으로 보는 것이 현실적이고 정신건강에도 도움이 된다. 의미 있는 직업을 찾기보다는 스스로 직업에 의미를 부여하는 게 좋다.

불행의 전철을 밟지 않으려면

폭력적인 부모 밑에서 자란 아이들은 '나는 나중에 절대 폭력을 쓰지 말아야지' 하고 결심하지만, 자못 두려워한다. 아무리 결심해도 부모와 똑같이 된다는 말 때문이다.

이들에게 필요한 건 결심이나 다짐이 아니다. 타인의 '감정'을 궁금해하는 것이다. 폭력을 쓰는 사람들 대부분은 자신의 감정에 취해서 타인의 감정을 보지 못한다. 오로지 자신의 화를 해소하기 위해 폭력을 가할 뿐이다. 이 부정적인 굴레를 벗어나기 위해선, 본인이 어떤 이야기를 했을 때 감정이 힘들게 느껴지더라도 '다른 사람은 내 이야기를 듣고 어떤 마음일까?' 하고 궁금해해야 한다.

핵심은 내 감정을 표현하되, 상대의 감정도 들으려고 하는 것이다. 이렇게 하다 보면 내가 아무리 화가 나더라도, 자식이나 사랑하는 사람의 감정을 무시하지 않을 수 있다. 상대의 감정을 느낄 수 있는 사람은 폭력을 쓰지 않는다. 그 순간 상대가 얼마나 무서워하는지 보이기 때문이다.

멀리해야 할
사람

어쩔 수 없이 사람은 눈에 보이는 당장의 것을 크게 생각한다. 눈에 보이지 않는 건 생각하기 어렵다. 그래서 보이지 않는 '마음'에 대해서 말하거나 생각해 보는 것을 힘들어한다. 그러나 꾸준하게 사람들과 관계를 맺다 보면, 마음에 대해 많은 것을 깨닫게 된다. 또 나중에는 겉으로 드러내는 모습이 그 이면의 마음과 일치하는지 아닌지를 중요시하게 된다.

겉과 속이 일치하는 사람은 자신의 입장을 명확하게 드러내는 탓에 당장엔 거북할 수 있지만, 계속 관계를 맺다 보면 이런 사람이 정말 안전하다는 것을 알게 된다. 나중에 다른 소리를 하거나 뒤통수를 치는 일은 없기 때문이다.

이런 면에서, 관심 없는데 관심 있는 척하는 사람이, 관심 없을 때 관심 없다고 직접 표현하는 사람보다 위험한 사람이다. 멀리해야 한다.

관심을 준다고 고마워할 필요 없다

관계를 잘 맺기 위해서는 타인에 대한 관심이 필수적이다. 타인의 일을 자신의 일처럼 여기고 마음을 써야 한다. 그러나, 내가 관심을 가졌다고 상대가 무조건 내게 고마워하거나 긍정적으로 반응할 이유는 없다. 마찬가지로 누군가 내게 관심을 준다고 내가 그에게 좋다고 표현할 의무는 없다.

진짜 관심은 내 관심과 호의에 대해서 상대가 어떤 반응을 하든 상관하지 않고 주는 것이다. 만약 상대가 좋아하면 다행이지만, 상대가 거부한다면 그 또한 존중해 주어야 한다.

내가 관심을 주었다고 상대가 나에게 고마워하기를 바라거나, 상대에게 나에게 관심을 주고 나서 고마움을 기대한다면 그것은 치밀하게 계산된 거래일 뿐이다.

일방적인 배려는 배려가 아니다

배려에는 여러 형태가 있다. 상대가 힘들어할 때 어떤 일인지 적극적으로 묻고 공감을 표현하는 방식이 있고, 반대로 궁금한데도 상대가 힘들어할까 봐 꾹 참고 거리를 두는 방법도 있다. 그러나, 후자처럼 밖으로 표현되지 않는 배려는 상대에게 무관심으로 비추어지기도 한다.

이때는 혼자 생각하지 말고 상대에게 직접 말하는 것이 좋다. "무슨 일인지 물어보고 싶은데 네가 힘들어할까 봐 얘기 안 하는 거야"라고 말이다. 그러면 상대는 '저 사람이 내게 관심이 없는 게 아니라 나를 배려하느라 궁금해도 얘기를 안 하고 있구나'라고 생각하게 된다. 그리곤, 잠시 혼자 있었으면 하는지 혹은 이야기를 털어놓고 공감을 받고 싶은지 등 자신이 원하는 것을 말할 기회도 얻게 된다.

자신의 입장에서만 생각한 일방적인 배려는 상대가 진짜 원하는 배려가 아닐 수 있다. 잘 모르겠다면, 상대에게 속마음을 솔직하게 털어놓는 것이 좋은 방법이다.

성격을 바꾸고 싶을 때

타고난 성격 때문에 특정 관계나 어떤 상황에서 문제가 생길 때가 있다. 이럴 때 사람들은 자신의 성격이 문제라며 이를 바꾸려고 굉장히 노력한다. 그러나, 성격은 잘 바뀌지 않는다. 설령 바뀌더라도 아주 오랜 기간의 훈련이 필요하며, 엄청난 스트레스를 감내해야 한다. 그렇다고 완전히 바뀌는 것도 아니다.

바꾸어야 할 것은 성격이 아니라 표현 방법이다. 예를 들면, 긴장을 많이 하는 사람은 매사가 힘들고 어려워서 무표정하게 있거나 소극적으로 행동하는 경향이 있다. 때문에 팀으로 움직이는 상황에서 교만하고 이기적으로 여겨지거나 게으르다고 오해받을 수 있다.

이럴 때, 자신이 긴장을 많이 해서 더 적극적으로 참여하기가 쉽지 않고 그래서 미안함을 느낀다고 표현해 보자. 그러면서 자신에게 맡겨주는 일은 최선을 다하겠다는 의중을 드러내자. 성격은 바꾸기 어렵지만, 표현은 바꿀 수 있다. 표현만 바꾸어도 많은 게 달라진다.

진실은
마지막 순간에 드러난다

살다 보면 정말 믿었던 사람에게 배신당하는 경우가 있다. 배신한 사람의 반응을 보면 그가 평소에 상대를, 서로 마음을 주고받는 관계 속에서 '사람'으로 대했는지 아니면 기능과 역할을 우선시되는 '물건'으로 취급했는지를 알 수 있다.

상대를 관계 속에서 '사람'으로 대했던 이들은, 소통을 단절하기 전에 그 사람과 마주하려고 한다. 마주하는 과정에서 상대의 마음도 이해할 수 있고, 더 나아가 자신의 감정도 표현할 수 있기 때문이다. 관계를 끊고 말고는 그다음에 결정하면 되는 문제다.

그러나 사람을 기능이나 역할이 우선시되는 '물건'처럼 대했던 사람들은 일방적으로 관계를 끊는다. 마주하려고 하지 않는 것이다. 이들은 마치 물건을 버리듯 사람을 버린다.

모두 특별하지 않으니 편하게

우리는 자신의 마음을 말하기 전에 상대의 마음을 잘 묻지 않는다. 특히 갈등 상황에서는, 듣고 싶지 않은 말을 피하기 위해 일방적으로 미안하다고 말하거나 상대의 말을 수동적으로 들어주는 식이다.

부정적인 피드백을 듣길 불편해하는 것은 한편, 스스로가 '특별하다'고 생각하기 때문이다. 대부분의 사람들과는 다른 특별한 존재이기에, 대부분의 사람들이 받는 부정적 피드백 따위는 자신에게 어울리지 않는다고 생각하는 것이다.

그러나 우리는 모두 특별하지 않다. 완벽하지도 않고, 무결한 존재도 아니다. 얼마든지 듣기 싫은 말을 듣거나 욕을 먹을 수도 있다.

특별하지 않으니 편하게 상대방의 마음을 물어보고 자신의 마음도 털어놓는 것이 관계적인 측면에서 훨씬 좋다.

혼자 외롭게 살지 않는 법

사람들을 이용하는 자신도 싫고, 자신도 이용당하기 싫어서 혼자를 택하는 사람들이 있다. 그러나, 사람은 혼자 살 수 없다. 우리는 어느 정도 서로를 이용하고 이용당하는 관계를 맺을 수밖에 없다. 하지만 이것이 전부는 아니다.

물물교환을 하는 거래적인 관계가 아니라 마음을 주고받는 관계를 만들기 위해서는, '감정'을 나눠야 한다. 화가 나면 화를 내고, 좋아하는 마음이 있으면 직접 그 마음을 표현하는 것이다. 용기를 내서 감정을 나누는 연습을 해 보자.

계속 감정을 표현하고 상대방의 감정을 보는 연습을 하다 보면, 서로를 이용하는 관계에서도 인간미를 느낄 수 있다. 그러면 혼자 외롭게 사는 일은 없게 된다.

외모에 집착하지 않으려면

외모 콤플렉스로 고통받는 사람들이 많다. 사랑받지 못할 거라는 두려움에 자신의 외모에 집착하고, 타인의 시선을 신경 쓰며 불안해한다. 두려움과 불안은 결국 성형이나 지나친 관리, 다이어트로 귀결된다.

이럴 때는 어떻게든 지금 자신과 함께하고 있는 사람들의 마음에 집중해 보자. 그러면 그들이 특정한 조건 때문에 당신과 관계를 유지하거나 당신을 사랑하는 것이 아님을 알 수 있다. 비록 그들이 외모나 몸매 지적을 할지라도, 그것은 그들이 당신과의 관계를 끊을 이유가 되지 않는다. 매우 잘못된 방식이지만 사랑하는 마음의 표현일 수 있다. 사랑하는 사람이 더 멋져 보이기를 바라는 마음에 그런 말을 한 것이다.

물론 외모나 몸매 지적이 상대에게 얼마나 상처가 될 수 있는지 생각하지 않았고, 또 상대를 물건처럼 평가한 것은 잘못되었다. 그러나, 상대가 잘못 내뱉은 말에 상처를 받거나 그 말에 영향을 받아, 외모에만 집착한다면 나 역시 스스로에게 잘못하는 것이다. 상대의 잘못된 말 표현이 아니라 나를 사랑한다는 마음을 제대로 볼 수 있어야 한다. 그래야 외모에 더 이상 집착하지 않을 수 있다.

막연한 불안을 이겨내기

뭔가 다 잘못된 것 같고, 앞으로 어떻게 해야 할지 알 수 없는 막막하고 불안한 느낌이 들 때가 있다. 그럴 때 어떤 이들은 종종 혼자를 택한다. '자신은 다른 사람과 다르다'며 더욱 굴속으로 파고 들어간다. 이들은 불안을 홀로 견디기로 선택함으로써 더 큰 고통을 겪는다.

이럴 땐 옆에 있는 사람의 손을 잡고 버티자. 그러면 버텨낼 수 있다. 불안보다 더 끔찍한 고통이자 인간에게 가장 큰 힘듦은 외로움이기 때문이다. 아무도 나를 이해하지 못한다고 느낄 때 사람들은 더 이상 살아야 할 이유를 찾지 못한다.

불안하고 도망가고 싶다면 그 마음을 드러내 보

자. 어느덧 그 마음에 공감하고 위로하는 사람이 나타날 것이다. 서로의 마음에 공감하면서 위로를 주고받다 보면 불안을 견뎌내는 힘을 얻을 수 있다.

지금과
다르게 살고 싶다면

상당수의 사람들이 변화를 원한다. 변하는 것이 얼마나 힘들고 어려운 일인지는 잘 모르는 채로 말이다.

몸짱을 결심하고, 피트니스 센터에 등록했다고 바로 몸짱이 되지 않는다. 피나는 노력을 해야 몸의 세포가 반응을 한다. 마음이라고 다를까! 마음이 눈에 보이지 않는다고 마음먹은 대로 될 것이라는 생각은 착각이다.

마음의 변화는 결심만으로 안 된다. 뇌가 변해야 마음도 변한다. 따라서, 이는 정말 힘들고 어려운 일이다. 이 사실을 알고 각오하고 끊임없이 반복하고 노력할 때. 그리고 중도에 포기하지 않고 끝까지 해낼 때 우리는 비로소 변화할 수 있다.

세상과
당당하게 마주하는 법

우리의 삶은 고통으로 가득하다. 세상도 마찬가지다. 이것이 정상이다. 그러나, 어떤 사람들은 고통을 겪을 때 다른 사람들과의 관계를 철수해버린다. 자신의 삶과 세상을 외면하는 선택이자, 삶과 세상에서 고통이 정상임을 인정하지 않으려는 몸부림인 것이다.

고통이 정상임을 받아들이자. 불교와 그리스도교 역시 고통이 정상이라고 한다. 부처는 세상을 네 가지 고통이라고 말했고, 예수는 고통 가득한 세상에서 온 구원자가 아닌가! 고통이 정상임을 받아들인다면, 힘든 상황에서 자신의 관계들을 외면하지 않을 수 있다. 그리고 있는 그대로 삶과 세상을 당당하게 마주할 수 있다.

때로는 화낼 줄 알아야 한다

갈등이 생기면 '화'라는 감정도 동반된다. 어떤 사람은 화를 너무 많이 내지만, 어떤 사람은 화를 아예 못 내기도 한다. 화를 많이 내는 사람에게 '화 좀 적게 내라'고 이야기하면 대부분 수긍하나, 화를 못 내는 사람에게 '화를 더 크게 내라'고 하면 이해하지 못하는 경우가 많다. 대다수가 화는 나쁜 것이라고 생각하기 때문이다.

그러나, 화라는 감정은 '불'과 비슷하다. 잘못 사용하면 위험하지만, 안전하고 적절하게 사용하면 유용하다.

예를 들어 자신이 사랑하는 사람이 학교나 직장, 혹은 다른 누군가로부터 부당한 대우를 받거나 피해를 입고 있다면 무조건 참는 것이 능사는 아니다. 함께 슬퍼하는 것만으로도 충분하지 않다. 더 이상 피해를 입지 않도록 같이 화내고, 함께 싸워줘야 한다.

누가 '시켜서'가 아닌
내가 '좋아서'

사람들의 심리적인 어려움은 주로 인간성의 상실에서부터 비롯된다. 인간성의 상실은, 사람이 존재 자체로 인정받거나 사랑받지 못하고 어떤 역할이나 기능을 잘 해냈을 때만 인정받거나 사랑받을 때 발생한다. 다른 말로는 사람의 '대상화'라고 표현할 수 있다. 타인이 아니라 스스로가 자기 자신을 역할과 기능, 타인의 기대에 가둬 놓기도 한다.

심리적으로 건강해지기 위해서는 인간성을 회복해야 한다. 따라서 자신의 역할이나 임무를 수행할 때 자신을 대상화하는 타인의 기대에 부응하기보다는, 스스로 즐겁게 해내는 것에 가치를 두고 이를 중요하게 여기는 것이 필요하다. 누가 '시켜서'가 아니라 내가 '좋아서'하는 습관을 들이자.

나만 놓으면
끝나는 관계

관계를 그동안 애써서 맺어왔다면, 이제는 그렇게 하지 말자. 어떤 관계라도 말이다. 관계는 나만 붙잡고 있는 게 아니기 때문이다. 상대방도 나를 붙잡고 있다. 관계는 쌍방이 맺는 것이기에, 만약 내가 애쓰지 않는다고 깨질 관계라면 이미 상대는 관계에 대한 의지가 없는 것이다. 그러니 애쓸 필요 없다. 상대가 의지가 있다면, 내가 애쓰지 않을 때 상대가 애를 쓸 것이다. 상대가 의지가 없다면, 그것은 이미 건강한 관계가 아닌 것이다.

한쪽이 버림받는 이별은 없다

헤어질 때 자신이 '버림받았다'고 느끼는 사람들이 있다. 이들은 관계를 일방적인 것이라 보며, 스스로를 버려진 물건처럼 취급한다.

그러나, 사랑하는 사람과 헤어지는 것은 상호합의 하에 이별하는 것이다. 물론 두 사람의 관계에서 한쪽이 상대적으로 더 많은 권력과 주도권을 가질 수 있지만, 이것을 허락하거나 방치하는 것은 서로의 몫이기 때문이다.

사실, 부모-자녀를 제외한 대부분의 인간관계는 일방적으로 진행되지 않는다. 서로가 서로에게 영향을 미치면서 나아간다. 관계는 일방이 아니라 쌍방이 영향을 미치는 것으로 이해하는 안목이 필요하다.

4부

오해받지 않는 사람은 없다

함께하면
윈-윈

갈등을 크게 겪고 난 뒤에는 서로 마음을 전하기 어렵다. 상대가 무섭거나 화가 나서 쳐다보기 싫을 수도 있다.

물론 힘들겠지만, 갈등 뒤에도 계속 마주하려고 노력하는 것이 서로에게 도움이 된다. 어느 순간 보이지 않던 상대의 마음이 보이기 시작하면서, 자신의 마음과 상대의 마음이 만나는 경험을 하게 되기 때문이다.

마주해야 하는 또 다른 이유는, 갈등 후에도 관계가 지속되는 소중한 경험을 할 수 있다는 데 있다. 사람들이 갈등을 그토록 싫어하는 이유는 관계의 단절 때문 아닌가. 갈등하고 난 뒤에도 서로 등 돌리지 않고 계속 마주하면서 함께하는 경험은 서로에게 이롭다.

모든 욕이
좋은 건 아니다

욕은 애정의 증거이기도 하다. 그렇다고 모든 욕을 좋게 생각할 필요는 없다. 분명 나에게 해로움만 주는 욕이 있기 때문이다.

먼저, 나와 아무런 관계가 없는 사람이 하는 욕은 해롭다. 서비스직에서 일하는 사람들이 이런 욕을 자주 듣는다. 자신과의 관계 때문이 아니라, 자신이 속한 조직을 대표하느라 일방적으로 욕을 먹을 수밖에 없을 때가 있다. 이런 욕은 해롭다. 이럴 땐, 회사에서 제시하는 지침대로 방어하고 행동해야 한다.

둘째, 나와 관계가 있는 사람이더라도 단지 자기 개인의 문제나 자신의 욕심 때문에 하는 욕은 해롭다. 가족이나 연인, 친구더라도 자기 일이 잘 안 풀린다는 이유로, 또 자신의 뜻대로 행동하지 않는다고 화를 내고 욕을 한다면 즉시 항변하고 싸워야 한다. 만약 상대가 폭력을 쓴다면 관계를 끊어도 좋다. 어떤 이유로도 폭력은 금물이다. 만약 상대가 자신의 잘못을 인정한다면, 재발 방지 약속을 하는 조건으로 용서를 받아주자. 그러나 계속 반복되면 확실히 관계를 끊어야 한다.

셋째, 나와 관계가 있는 사람이 나에게 실망하거나 화가 나서 하는 욕이더라도 소통으로 이어지지 않는 욕은 해롭다. 욕은 관계에서 소통을 전제로 할 때만 의미가 있다. 단지 자신의 감정을 표출하기 위한 욕은 아무런 도움도 되지 않는다. 상대가 소통할 마음이 없다면 욕을 듣지 말고 그 자리를 뜨자. 상대가 소통할 마음이 생길 때까지 기다려야 한다. 그러나 시간이 지나도 소통할 의지가 없는 상대라면, 어쩔 수 없다. 관계는 혼자 애쓴다고 되는 게 아니다.

오해받지 않는
사람은 없다

상대에게 화나고 미안하기도 하고 또 고맙기도 하는 등 여러 가지 마음이 동시에 올라올 때, 이 모든 마음을 한 번에 다 전달하려는 사람들이 있다. 하나의 마음만 말하면 그 마음만 있다고 오해받을 것 같아, 느끼고 있는 마음을 전부 다 얘기하여 더 정확하게 전달하려는 것이다.

그런데 이렇게 얘기하는 사람들과 대화하는 건 힘든 일이다. 무엇을 말하고자 하는지 모호하기 때문이다. 대화의 초점이 흐려져 있어 소통이 어렵다.

여러 마음이 들더라도 우선 하나의 마음만 먼저 말하는 것이 좋다.

그리고 충분히 대화한 후에 다른 마음을 꺼내 보자. 한 번에 하나의 마음만 다뤄도 결코 늦지 않다. 초점을 명확하게 할 수 있어, 오히려 자신의 마음을 더 정확하게 전달할 수 있다.

싫다고 말하지 못했던 아이들

아이들에게 "너 뭐 먹을래?" 혹은 "너 뭐 하고 놀래?"라고 물으면 "몰라"라고 대답하지 않는다. 어릴수록 그렇다. 아이들은 하고 싶은 게 늘 있고, 언제나 감정을 느낀다. 이런 아이들에게 어른들은 말한다. 눈물을 보이면, "울지 마". 좋은 일로 신나하면 "그러다가 너 실수한다"라고. 비난을 피하기 위해 성장 과정에서 자신의 욕구와 감정을 억압하며 자란 아이들은, 어른이 되었을 때 자신의 마음을 잘 느끼지 못한다.

자신의 마음을 잘 느끼지 못해, 좋은 것과 싫은 것이 모호한 사람들과는 관계 맺기가 어렵다. 관계를 맺기 위해서는 감정의 소통과 교류가 전제되어야 하는데, 자신의 감정을 잘 모르면 이러한 행위가 어렵기 때문이다.

방법은 있다. 어떤 것이 크게 느껴지지는 않더라도 일단 한 가지를 명확히 말해 보는 것이다. 이것저것 말하다 보면 정말 마음에 딱 맞는 표현을 찾을 수 있게 된다. 시간이 걸리더라도 이를 반복하다 보면 자신의 감정을 알아차리는 게 점점 쉬워지고, 감정의 소통과 교류 또한 가능해진다.

훌륭한 자식이 될 필요는 없다

많은 자녀들이 부모에게 상처를 받는다. 일상적으로 듣는 잔소리나 비난 정도가 아니라, 학대라고 할 정도의 고통을 겪기도 한다. 그럼에도 훌륭한 자식이 되기 위해서 혹은 자식된 도리로서, '부모에게 효도해야 한다'거나 '부모와 잘 지내야 한다'고 생각하며 힘들어하는 사람들이 많다.

그러나, 정상적인 부모-자녀 관계란 내리사랑으로 이뤄져 있는 관계다. 부모가 자녀를 돌보는 것은 너무나 당연하고 꼭 해야 하는 부모의 역할이고 의무이지만, 자녀가 부모에게 효도하는 것은 의무가 아니다. 정상적인 부모라면 자녀가 자신을 넘어서기를 바라며, 자녀의 인생에 걸림돌이 아니라 디딤돌이 되기를 바란다. 정상의 범주에서 벗어나, 걸림돌이 되려고 하는 부모에게 자식이라는 이유만으로 효도하고 순종해야 할 필요는 없다.

나답게 살려면

사람은 어떻게 변화하고, 어떻게 자기다운 모습을 찾아가는 걸까? 다른 사람들의 말이나 감정을 자신의 마음에 '일단' 받아들이면서부터다. 사람들은 보통 누군가가 마음을 전하면 당장 그 말에 동의하고 실천하려고 하거나, 아니면 단칼에 거절해버린다. 둘 다 진정한 변화와는 거리가 멀다.

변화를 바로 결심하지는 않더라도, 일단 타인의 마음을 자신의 마음에 담아두다 보면 시간이 지남에 따라, 거기서 자연스럽게 변화가 일어나고 무언가가 생겨난다. 의도적이고 성급한 변화는 오래 지속되기 어렵다.

진짜 변화를 원한다면 마음을 열고, 타인의 마음을 받아들여 보자. 시간은 걸리겠지만 제대로 된 변화를 이뤄낼 수 있다.

구체적이고 명확하게 말하기

사람들은 자신의 힘든 이야기를 털어놓고 나서 상대로부터 위로와 공감을 기대한다. 그런데 갑작스럽게 누군가의 힘든 이야기를 들으면, 대부분의 사람들은 자신의 입장에서 상대에게 도움이 될 말을 한다. "너만 그런 거 아니야." "난 너보다 더 힘들어."

'우리 모두 힘들기도 하고, 난 너보다 더 힘들 때도 있으니 힘내자'라는 마음일지라도 이런 말은 위로나 공감으로 전달되지 않고, 비난과 비교로 전달되어 더 큰 오해와 갈등을 만든다.

이럴 땐 이야기를 꺼낸 이가 직접, 상대에게 듣고 싶은 말을 구체적으로 말해 주는 것이 좋다. 나를 위로해 주고 싶은 것이면 '그럴 만하다', '충분히 애썼다', '많이 힘들 것 같다'고 이야기해 달라고 말이다.

만약 상대가 이야기를 꺼낸 사람들을 위하는 마음이 있다면, 듣고 싶은 말을 해 줄 것이다. 이렇게 하면 이야기한 사람은 듣고 싶은 말을 들어서 좋고, 상대 또한 그에게 힘이 될 수 있어 서로 만족할 수 있다.

내 눈에는
나만 보인다

갈등 상황에서 대부분의 사람들은 자신은 약하고 상대는 강하다고 생각한다. 상처받은 자신의 마음은 느껴지지만, 타인의 마음은 느껴지지 않고 기분 나빠하는 표정만 보이기 때문이다. 이는 필연적으로 오해와 갈등을 불러일으킨다.

따라서, 본인 입장에서만 다른 사람을 보지 말고 그 사람의 입장에서 내가 어떻게 보일지, 상대는 이 상황을 어떻게 느낄지를 생각해 보는 것이 관계에서 굉장히 중요하다.

상대의 마음을 잘 모르겠으면 직접 물어보자. 상대가 진심으로 그 마음을 말해 주면, 믿기로 결심하고서 말이다.

모든 일에 책임질 수는 없다

삶에서 어떤 문제들이 생겼을 때 '내가 다 알아서 하겠다'라는 생각으로만 대처해서, 더는 손쓸 수 없을 정도로 악화되는 경우가 있다. 혼자 모든 것을 책임지려는 마음은 상황 파악을 제대로 하지 못하게 만들기 때문이다.

살다 보면, 해야 하는 일이 있고, 안 해야 하는 일이 있다. 할 수 있는 일이 있고, 할 수 없는 일이 있다. 어느 누구도 모든 것을 혼자서 다 책임질 수는 없다. 어떤 일이든 주변 사람들과 함께 마음과 역할을 나누는 것이 중요하다. 주변 사람들로부터 구체적인 도움이나 조언을 받지 못하더라도, 함께 마음을 나눌 수 있다는 것 자체가 큰 위안이 되기 때문이다.

애쓰는 방식이 달라서

갈등을 하고 난 후, 사람들의 해결 방식은 너무나 다르다. 둘 다 관계를 위해서 애쓰고 노력하는 것임에도 불구하고 타이밍이나 방식이 달라서 상대를 오해하게 된다.

어떤 사람은 기분이 나아질 때까지 그냥 두는 것이 상대를 위한 것이라 생각하지만, 정작 상대는 이를 무시와 방관으로 받아들인다. 어떤 사람은 상대를 혼자 두지 않으려고 계속 다가가지만, 정작 상대는 자신의 감정이 무시당한다고 느낄 수 있다.

이럴 때, 서로가 노력하는 방식이 다를 수 있다는 사실을 기억하자. 그러면서 자신의 생각과 해석을 내려놓고 하나씩 묻고 얘기하다 보면 방식은 다르지만 함께 관계를 위해 애쓰고 있음을 알게 된다.

강해 보이지만
실은 약한 마음

평소에는 되게 강해 보이는데, 의외의 순간에 약한 모습을 보이는 사람이 있다. 주변 사람들은 이를 보고 놀라워한다. 스스로를 강한 마음의 소유자라고 여기던 당사자도 상반된 자신의 모습에 혼란스러움을 느낀다.

그러나, 사실 상반되어 보이는 두 모습은 서로 다르지 않다. 같은 모습이다. 내면이 약한 탓에, 자기방어를 하기 위해 겉으로 강한 척을 해 왔던 것이기 때문이다.

강해 보이는 사람의 이면에 약한 마음이 있다는 것을 생각하고 관계를 맺으면, 갈등 상황에서도 상대를 회피하거나 외면하지 않고 대화를 더 시도해 볼 수 있다. 나와 마찬가지로, 상대의 행동 또한 상처받기 두려운 마음에서 나온 것이라고 느껴지면, 서로를 좀 더 이해하려고 노력하게 되기 때문이다.

내 목소리를 내야만 한다

서양 사람들은 언어부터 주어가 뚜렷하다. '나'와 '너'가 명확하다. 그러나, 한국 사람들은 기본적으로 주어를 쓰지 않는다. 집단주의 경향이 짙은 탓이다. 다시 말해 나와 너의 구분이 모호하며, 대충 말해도 상대가 제대로 알아들을 것이라 믿는다.

한국에서는 부모든 형제든 누군가가 개인의 경계를 침범하기 쉽다. 이 과정에서 무수한 상처들이 생겨난다. 결국, 몇몇 사람들은 집단주의적인 문화가 너무 싫어 극단적으로 완전히 혼자 지내거나 아주 최소한의 관계를 선택하곤 한다.

하지만 이런 문화에서도 사람들과 건강하게 관계를 맺을 수 있다. 그 방법은 분명하게 본인의 목소리를 내는 것이다. 나와 너의 구분이 모호하기 때문에 나를 주장해야 하고, 대충 말해도 알아듣는다고 착각하기에 정확히 말해야 한다. 나 자신의 목소리를 내는 것이 집단주의의 폐해를 극복하는 지름길이다.

어디까지
말해야 할까

상대가 어떻게 느낄지 생각하지 않고 자신이 불안하고 불편하다는 이유로 일단 무언가를 말해버리는 건, 굉장히 무책임한 행동이다. 자신의 말 때문에 상대가 불안해하거나 힘들어할 수 있고, 혹은 하고 싶은 말을 참게 될 수도 있기 때문이다. 상대를 옭아매거나 통제할 수 있기에 책임감이 없다는 것이다. 어떤 이야기를 할 땐 모든 것을 예측할 수는 없더라도 상대방이 어떻게 반응할지 어느 정도는 염두에 두고 말해야 한다. 그것이 책임감 있는 대화이다.

옆 사람이 외로워지는 이유

우리는 쉽게 자책한다. 그러나 자책을 하면 옆 사람이 무척 외로워진다. 자신의 잘잘못만 따지느라 옆에서 위로해 주는 마음도, 문제 해결을 위해 함께 애쓰는 마음도 보지 못하게 되는 탓이다.

인간에게 외로움보다 더한 고통은 없다. 따라서 자책하느니 차라리 옆 사람을 탓하는 게 낫다. 누군가를 탓하려면 그를 보게 될 수밖에 없어, 어떻게든 함께 마음을 나누게 되기 때문이다. 이것이 옆 사람을 덜 외롭게 하는 길이다.

아무도
내 마음을 몰라줄 때

'나는 이런 마음인데 왜 내 마음을 몰라줘!'라는 생각이 들 때가 있다. '지식의 저주curse of knowledge'에 걸린 탓이다. 내가 알고 있는 것(지식)을 다른 사람도 당연히 알고 있을 거라고 착각함으로써 관계에서 온갖 오해와 갈등(저주)이 생기기 때문에 생겨난 표현이다. 이는 서로의 감정을 상하게 만들고 나아가 관계까지 망가뜨린다.

지식의 저주를 극복하기 위해서는, 먼저 '저 사람은 나의 생각이나 느낌에 대해서 모른다'고 가정해야 한다. 그다음, 내가 어떻게 생각하고 어떤 것을 느끼는지 상대가 이해할 수 있도록 구체적으로 표현하는 것이 필요하다.

생각보다 우리가 상대방의 마음을 제대로 파악하는 경우는 드물다. 그 반대의 경우도 마찬가지다. 불필요한 오해와 갈등을 피하기 위해서는, 지레짐작하는 게 아니라 상대에게 정확하게 말하고 물어 보는 것이 중요하다.

판단하지
않는다

무엇이 옳고 그르다는 식으로 상대방에 대한 판단을 계속하면 갈등은 파국을 맞이하게 마련이다. 객관적인 사실이나, 상대방과 자신의 잘잘못만 따지면, 감정만 상할 뿐 소통이 되지 않기 때문이다.

이럴 땐, '나-전달법I-message'을 사용하여 자신의 마음을 전달하는 것이 좋다. 나-전달법이란 '나'를 주어로 한 표현 방식을 말한다. "나는 쉬고 싶어"처럼 말의 주체가 자신이 되는 것이다. 나-전달법을 사용하면 상대를 규정하거나 비난하지 않고, 자신의 감정과 욕구를 드러낼 수 있다.

물론 주어를 생략하고 말하는 언어 습관이 있는 한국에서, 지나친 나-전달법은 자신을 변명하는 듯한

인상을 주기도 한다. 그러나 적절하게 사용할 경우, 상대에게 자신의 마음을 잘 전달할 수 있어 원활한 소통이 가능해진다.

내가 먼저 변해야 하는 까닭

왜 나만 항상 이해해야 하고 먼저 변해야 하는지 억울할 때가 있다. 만약 나만 노력하는 게 억울하고 슬프다면, 변하지 않으면 된다. "네가 안 변해서 나도 안 변한다"라며 계속 상대를 비난하면 된다. 그러면 살던 대로 계속 똑같이 살게 될 것이다. 모두가 불행해지기밖에 더하겠는가!

진짜 변화를 원한다면 내가 먼저 변해야 한다. 이유는 단순하다. 상대가 변하지 않으니까. 누가 더 힘들었는지 누가 더 아픈지를 따져서 변할 사람을 정하는 것이 아니다. 누군가가 시작해야 변화가 일어나기 때문에, 내가 먼저 변화를 선택하는 것뿐이다.

상대가 변하지 않고 내가 변해야 하는 또 다른

이유는 상대를 위해서가 아니다. 나 자신을 위해서다. 변화의 선물은 그것을 바라보는 사람보다, 그것을 경험한 사람에게 주어지는 법이다.

어떤 어려움도
견디게 해 주는 것

사람들은 자신이 겪는 문제의 대부분을 해결할 수 있다고 생각한다. 그러나 문제의 대다수는 근본적으로 해결하기 어렵다. 해결이 가능해 보이는 문제도 있지만, 이마저도 미봉책인 경우가 많다. 당장 해결하려고 하느라 더 큰 문제를 초래하기까지 한다. 과학이 발전하고, 제도가 보완되어도 이 땅에 유토피아는 오지 않는다.

그렇다면 아무 노력을 하지 않아도 될까? 아니다. 최선을 다해 해결책을 고민하고 실천하는 노력은 필요하다. 그 과정에서 타인과의 관계를 경험할 수 있기 때문이다.

관계는 삶을 지탱해 주는 기둥과 같다. 함께한다

면 그 어떤 고통과 어려움도 견딜 만하기에 그 어떤 것보다 값지고 귀중하다. 따라서, 문제 해결을 위해서가 아니라, 관계를 위해서 최선의 노력을 다할 필요가 있다.

행복은
언제나 관계 속에서 온다

현대 사회는 우리에게 조건이 좋으면 삶이 행복해질 수 있다고 말한다. 그러나 아무리 돈을 많이 벌어도, 아무리 학벌이 좋아도, 아무리 외모가 출중해도 '지속'된 행복을 느끼긴 어렵다. 인간이 가진 뛰어난 적응 능력 때문이다. 부족해서 괴로운 것도, 채워지면 그 순간에만 좋을 뿐이다. 시간이 지나면 모든 것이 당연하게 여겨진다.

이런 면에서 인간의 행복과 불행은 조건의 문제가 아니라 실존의 문제다. 죽음과 고독, 의미, 자유 같은 주제인 것이다. 모든 실존의 문제는 관계 속에서만 제대로 이해할 수 있고 해결될 수 있다. 요람부터 무덤까지 인간은 관계 속에서만 존재할 수 있다. 두 남녀가 관계를 맺어야 시작되고, 양육자와의 관계 속에서 살며, 형제나 또래와의 관계 속에서 성장한다. 또 삶의 마지막 순간도 자신과 관계를 맺고 살았던 사람들에 둘러쌓여서 맞이하는 것을 원한다. 예전에는 객사, 요즘은 고독사가 가장 비참한 죽음으로 일컬어지는 것은 이유가 있다.

따라서, 인간의 행복과 불행에 영향을 미치는 모든 실존의 문제는 결국 관계적인 측면에서만 제대로 이해할 수 있다.

함께하는 일은
용기가 필요하다

누군가 힘든 일을 겪고 있을 때, 조언이나 어설픈 위로는 자신의 마음을 드러내지 않고서도 가능하다. 관계에서 한 발짝 떨어져서도 할 수 있다. 하지만 그 사람에게 자신의 마음을 전달하면서, 그 사람과 함께 힘든 일을 겪는 것은 진짜 용기가 필요하다. 자신의 생각과 삶이 훤히 드러나고, 상대방과의 관계에서 어떤 역할을 맡게 될지, 어떤 갈등을 겪게 될지 알 수 없기 때문이다. 용기를 낼 수 있는 사람만이 누군가와 함께할 수 있는 특권을 누릴 수 있다.

삶을 포기하지 않는 이유

세상에는 고통이 넘쳐난다. 어떤 이들은 이 순간만 지나면 행복할 거라며 고통을 견디지만, 이런 희망과 기대를 가질 수 없는 사람들도 많다. 아무리 기다려도 자신에게 다가올 행복을 기대할 수 없는 사람은 삶의 이유를 어디에서 찾을 수 있을까. 바로, 자신의 행복이 아니라, 타인의 행복에서다. 내가 대단한 무언가를 하지 않고 단지 살아 있는 것만으로도 타인에게 기쁨을 줄 수 있다면 내 삶은 그만큼 가치 있는 것이다.

돈보다
중요한 것

돈에 대한 불안감에 시달리더라도, 자신의 연인이나 배우자에게 전혀 드러내지 않는 사람들이 있다. 상대에게 더 잘해 주고 싶은데 그렇게 하지 못하는 현실에 대한 자책감과 미안함 때문이다.

그러나, 경제 문제로부터 자유로운 연인이나 부부는 거의 없다. 대부분의 사람들이 평생 안고 사는 불안함이다. 경제적 불안함을 본인 혼자 책임지려고 고민만 하고 있으면 상대를 무시하는 것과 같다. 상대가 현재 상황을 어떻게 생각하고 있는지, 어떤 마음을 가지고 있는지는 들어보려고 하지도 않기 때문이다. 여기에는 상대가 이 문제를 해결할 능력이 없다는 생각도 숨어 있게 마련이다.

더 큰 문제는 다음이다. 만약 이런 사람들이 돈을 많이 벌게 되면, 자신이 해 줘야 하는 건 다 해 줬다는 생각이 들어 상대와 정서적으로 교류하지 않게 된다. 보상 심리가 발동하여 상대에게 불합리한 요구를 하게 될 수도 있다. 어떤 상황이 펼쳐지든, 관계에 매우 좋지 않은 영향을 미치게 된다.

경제적인 불안감이 든다면, 무엇보다 연인이나 배우자와 나누면서 함께 견디려고 하는 자세가 필요하다. 돈보다는 사랑하는 사람의 마음을 보려는 자세가 중요하다는 것이다.

욕 좀 먹고 살아도
괜찮습니다

초판01쇄 인쇄 2021년 11월 22일
초판01쇄 발행 2021년 11월 29일

지은이 강현식(누다심)
펴낸이 이부연
책임편집 박서영
마케팅 백운호
디자인 여만엽디자인

펴낸곳 (주)스몰빅미디어
출판등록 제300-2015-157호(2015년 10월 19일)
주소 서울시 종로구 내수동 새문안로3길 30, 세종로대우빌딩 916호
전화번호 02-722-2260
인쇄·제본 갑우문화사
용지 신광지류유통

ISBN 979-11-91731-11-8 03810

- (주)스몰빅미디어는 여러분의 원고 투고를 기다리고 있습니다. 출판하고 싶은 원고가 있는 분은 sbmedia15@gmail.com으로 기획 의도와 간단한 개요를 연락처와 함께 보내주시기 바랍니다.
- 달콤북스는 (주)스몰빅미디어의 에세이 브랜드입니다.